孙明经 等 摄影
孙建三 黄健 程龙刚 撰述

A City with Salt
Wells Everywhere

遍地盐井的都市

——抗战时期一座城市的诞生

广西师范大学出版社
·桂林·

目 录

编者的话 / 1

序一

序二

一、井盐孕育的城市 / 13

　　因盐成邑 / 14

　　抗战设市 / 20

二、古老而奇特的采盐工艺 / 25

　　钻　井 / 26

　　输　卤 / 42

　　制　盐 / 76

三、官仓与歪脑壳船 / 89

　　储　盐 / 90

　　运　盐 / 100

四、业盐人 / 113

　　盐 官 / 114

　　盐 商 / 120

　　盐 工 / 127

五、盐都遗韵 / 133

　　昔时风貌 / 135

　　盐业文化 / 147

后 记 / 175

编者的话

　　《遍地盐井的都市——抗战时期一座城市的诞生》一书得以面世,有着一段曲折而感人的故事。2002年的一天,自贡市人民政府陈星生秘书长在山东画报出版社出版的《老照片》(第二十一辑)里看到了孙建三先生撰写的文章,文中谈到他还保存着其父孙明经先生1938年在自贡历时三个多月科学考察时拍摄的部分底片。这一信息,引起了陈星生先生的极大兴趣。几经周折,自贡市人民政府热情邀请孙建三先生到自贡参观考察。

　　2005年1月17日,孙建三先生携女儿来到这座曾令孙明经先生魂牵梦萦的城市。孙建三先生沿着父亲当年的足迹,拍摄了大量的照片,并与盐业史专家进行了座谈和交流。自贡这座曾以井盐生产盛况鼓舞了抗战士气的城市让孙建三父女深受感动。临别前,父女俩将长辈留下的127幅照片的使用权无偿地捐赠给了自贡市人民政府。对自贡市人民政府和320万盐都人民来说,这无疑是极其珍贵的礼物。

　　孙明经先生是我国现代影视技术专家。上世纪三四十年代,在金陵大学任教的孙明经先生独立摄制了各种纪录片49部,组织和参与拍摄了电影92部,是我国1949年以前电影"产量"最高的电影人之一。新中国成立后,他成为北京电影学院教授,曾是张艺谋等许多著名电影导演和摄影师的老师,被电影界称为中国电影摄影教学和科考摄影的创始人。1992年,孙明经先生在北京病逝,享年81岁。

抗日战争爆发后,日军相继占领了我国广大沿海地区,截断了内地军民食用海盐的来路。湖南、湖北、西南及西北七省区食盐供应出现困难,军民面临淡食之苦,大后方陷入一片恐慌之中。国内投降派和日本侵略者则额手称庆,以为只要断了海盐来路,抗战派便会不战自亡。

1938年4月,为了大力宣传井盐,安定民心和鼓舞士气,孙明经先生怀着强烈的爱国热情,告别新婚不久并已怀有身孕的妻子,带领年仅17岁的助手范厚勤,携带一台16毫米柯达特种摄影机和一台120型蔡司依康照相机,从重庆经过三天的跋涉来到自流井和贡井,用镜头记录了当时自贡井盐生产的状况。

孙明经先生在自流井和贡井整整工作了三个多月,走遍了自贡地区的所有盐井,拍摄了从钻井、采卤到制盐的整个过程,摄制了一部22分钟的科考纪录片《自贡井盐》和880多幅照片,并用这些照片精心制作了一部以活动画面为素材的动片《井盐工业》。

孙明经先生回到重庆后,将自己在自流井和贡井摄制的影像公开展示,让大后方军民了解当时自贡地区井盐生产的盛况,从而稳定了军心和民心,极大地鼓舞了国人的士气。据不完全统计,在八年抗战中,自贡盐场累计生产食盐达193.9万吨,供应华中、西南及西北各省占全国三分之一的人口,向国家上缴盐税209665.8万元,为前线提供了巨额的军费开支。抗日战争时期,自贡盐场成为了支撑抗战局面的重要经济支柱,为争取抗日战争的胜利,为大后方经济的稳定,作出了显著贡献。自贡这段辉煌的历史,应该为我们世世代代所珍视所铭记。

原中国人民大学副校长、金陵大学北京校友会会长谢韬先生,系自贡人,也是孙明经先生的学生辈人,获知本书行将付梓,欣然作序。当今中国摄影教育界和影视摄影界资深学者,一向婉却为他人作序的郑国恩先生,也特为本书作序。

值此自贡建市66周年和抗日战争胜利60周年之际,自贡市人民政府组织出版这本老照片专辑,既是以一种特有的方式来缅怀为盐都留下宝贵记忆的孙明经先生,并感谢慷慨捐赠影像资料的孙建三父女,又是以这种特有的方式去见证一座城市的诞生和纪念抗战胜利60周年。

2005 年 5 月 26 日

序 一

——一份自贡建市的珍贵历史资料

谢 韬

　　我是自贡市人，但在我出生的时候，自贡还没有建市，那时的自贡，分别属于富顺县的自流井区和荣县的贡井区。这两个区为什么后来会合并成为一个市呢？那是因为1937年日寇侵占沿海，海盐中断供应，而自流井、贡井成为西南大后方人民生活食盐的主要供给地。当时为了发展盐业生产，加强统一管理，所以才改变行政建制，把原来分属两县的自流井区和贡井区合并建市。1938年开始筹建，1939年正式建立自贡市。因此，自贡这座城市可以说是因盐因抗战而建立的。

　　这些年，随着自贡盐业经济和城市工业的发展，旧式盐业生产和城市面貌都发生了很大变化，原有的历史面貌现在基本上看不见了。我儿时熟悉的街道、房屋、盐场生产、风物人情等社会景象和山水地形也都有了很大改变，旧时古老的乡镇城市消失了，取而代之的是一座现代化的工业生产与经济繁荣的城市。我每次回到家乡，都惊异于她日新月异的变化。

　　自贡建设的新的巨大发展值得庆贺和骄傲，它的历史足迹和历史资料也是我们应当珍视的。历史资料一旦毁掉或消失，便不可能再生，就会留下永远的遗憾。

在这种情况下，孙建三先生最近整理他父亲孙明经先生的遗物，发现了他父亲1938年到自贡拍摄的两部电影资料和一批珍贵照片，两部电影分别为《自贡井盐》和《井盐工业》。其中的《井盐工业》是以活动画面为主的电影，它记录了井盐开采过程中井下的情况和打井采卤的原理。这两部电影真实地记录了自贡的地质情况、钻井技术、输卤技术、制盐技术及盐场风情、城市风貌、特色建筑以及饮食文化等，是十分珍贵的历史资料。

孙明经先生，我是在1940年考入金陵大学时认识的。当时他是金陵大学电教专修科的负责人，是中国大学中电影教育专业学科的创立人。记忆中的孙明经先生个头很高，精力充沛，待人和气。许多同学都认识他，因为他经常为学生放映电影、专题片或科技纪录片，学生们组织文娱或进步活动，也常请孙明经先生先放映一些电影以吸引更多的人来参加。孙先生也好请，他总是乐此不疲地应邀而来。我当时从事地下革命活动，也曾请孙先生放过电影。所以，孙先生成了金陵大学等当时"五大"（金大、金女大、华西、燕京、齐鲁）都熟悉的公众人物。孙先生培养了第一代的电教工作者，后来他们中的许多人都成了新中国电影教育工作的骨干。

孙先生在1938年就到自贡拍摄了这么多重要的资料，我们当时并不了解。如今几十年过去了，其中的很多镜头、场景等人物风貌也是我儿时经常见到的，真实而亲切，唤起了我们这代人好多温馨的童年回忆。

最后，我作为一名自贡人，要特别感谢孙明经先生拍摄了这些影像资料，也要感谢孙建三先生在60多年之后使这些宝贵的历史资料得以重现，这对自贡市的历史无疑是一个重大的贡献。

2005年4月18日于北京

序 二

——读孙明经先生1938年自贡科考
摄影残存作品想到的

郑国恩

《遍地盐井的都市——抗战时期一座城市的诞生》，这部以孙明经先生
等拍摄的照片为主的新书，2005年夏天出版了。因为我曾和孙先生多年
同事，出版社希望我为孙先生的这本新书写一个序。

为此，我陷入两难的境地。一难，我没有给人家作品写过序；二难，
这篇序该写，但是该写成一个什么样的序？孙明经先生是我们电影界的前
辈，尤其是我国电影高等教育的开拓者，生前建树极多。虽然生活、事业
都曾十分坎坷，但作为一位高级知识分子，他具有我们中国知识分子的许
多美德。他为人正直，处事随和，治学严谨。故此，这个不成为序言的序
言权且作为我对先辈们由衷缅怀的一种表达吧！

1938年，孙明经先生对自贡盐井的科考摄影具有特殊意义。

当时，抗日战争已爆发，日本侵略者疯狂地占领我国广大沿海地区。
这就截断了广大内地军民食用海盐的来路。人离了盐是无法生存的。当
时，内地特别是两湖和部分西北地区已严重缺盐，与日军顽强对峙的第一
线军民亦面临"无盐淡食"之困扰。其实，我国除了海盐之外，川南的自
流井、贡井地区自古就大量产盐，西南民用食盐就出自这里。只要我们很
好地开发利用起来，敌人以"缺盐"来困扰绞杀我们的阴险图谋就会成为

一场白日梦，但当时国人对此了解不多。我国教育界一批有识之士提出了"在大力发展井盐生产的同时，要大大宣传井盐"的主张。当然用电影来宣传最为有效！这件事由中国教育电影协会和金陵大学发起并组织实施。

由于在当时的教育界能胜任拍摄、洗印、编辑等前后期全部制作的只有孙明经先生，于是，他被委以重任。尽管其时金陵大学才刚刚迁川，正需整顿教学秩序，安排教学，各种具体事务极多，而且孙明经先生的妻子已经怀孕，亦需亲人照料，这一切都没有使孙明经先生有片刻迟疑。在共赴国难之际，他毅然接受委任，整理器材，尽快启程。当时，电影器材十分原始，尽管摄影机为16毫米，加上三脚架、1500英尺底片等却是很重的。配件也不齐全，只有三个定焦镜头，长焦、标准、广角，没有变焦距镜头。此外，还带一台120相机，80个胶卷。全组只有两个人，即他和他的学生、助手，17岁的范厚勤（建国后为新影著名摄影师）。今天的摄影队出行，水、陆、空立体交叉，火车提速，高速公路四通八达，多么方便！1938年的四川就不同了。不少地方只有马帮或"棒棒军"，若赶上"远上寒山石径斜"的崎岖山路，一切行装只能靠自己身背肩扛。1938年自贡地区产盐外运主要靠釜溪河水路，可以想像，这样的交通条件，对仅有两人的摄影队，而且还要不断往复辗转拍摄，是多么困难。孙先生就是靠爱国爱民的心和吃苦耐劳的作风，克服种种困难，胜利完成了拍摄任务。

这些照片完整地记录了井盐生产的全过程、具体的生产条件、工人们繁重的劳动状态、市井交通环节、独特的外运方式及严格的行政管理体制，等等，在当时达到了特定的宣传目的，起到了坚持抗战、稳定军心民心的巨大作用。这些照片的意义绝非仅此而已。就说自贡，由于历史嬗变，社会进步，其面貌早已今非昔比了。往时就地取材粗细不等的大量竹制管道，已被现代管道所取代；以人、畜为动力的原始提灌方式也为现代电动方式代替；铁锅手工熬制成盐的土法，已被现代自动流程式干燥工艺所淘汰。原始生产方式已进了自贡市盐业历史博物馆，作为历史遗存仅留下燊海井等盐井作为展示。孙明经先生拍摄的科考纪录片真实地、形象地保存下这一过程，给后人留下生动形象的视觉历史记录。

"文化大革命"中，孙先生过去拍摄的大量电影和照片及底片，都曾被工宣队当"黑材料"抄走，当"黑材料"烧毁了！

也许鬼使神差，两个贴着"孙明经材料"的麻袋，竟然因为随意放在存放"黑材料"仓库的门后，逃过一劫。这两个麻袋中装的全是孙明经先生过去拍摄的底片和幻灯片。被找到时，麻袋中装的底片很多已经腐烂，经过孙先生整理后，尚残存各类底片和幻灯片数千幅。

今天大家能在这本图片集中看到的是经过劫难后幸存下来的孙先生1938年自贡科考拍摄的照片。虽是"残存"，仍能显现自贡的过去，再现自贡制盐的历史，仍能让后人目睹我们难以想像的这段历史的真面目。这一张张图片、呆照，是孙先生在拍摄电影时，用120相机抢拍下的对象在时空运动过程中的某些瞬间。由于图片摄影的静态特性，它略去了对象生动、具体的运动过程，只能表现运动的一瞬间，自然，电影中记录下的运动过程中的生动细节就难以复现了。可即便是静止的瞬间，而且并非孙先生拍摄的全部，仅是极少部分，我们仍能透过孙先生的镜头，亲眼看到图片所展现的历史情景。从图片中，我们不仅对当时情景有所感知，而且更有情感触动，甚至能引发我们的联想和对比，如今与昔，新与旧，现代与原始，等等。我去过四川，但没有到过自贡，更无从知道井盐历史与现状。我们看孙先生的图片能产生上述不同层次的感知反应，是因为这些图片浸透着孙先生拍摄时投射进去的创作激情，对所拍摄事物的深入体会和认知，专业功力及对真善美的强烈艺术追求。

我觉得，孙先生这本科考摄影集的图片有如下一些特点：

首先，呈现出强烈的真实感。这本科考摄影集的图片题材广泛，涉及自贡昔日社会的方方面面。如果将其分类，大致可有市井面貌、生产过程、人文状态、自然风貌、舟车行旅等。这一切，今天大都已不存在，都成了历史，图片却真实地把它们记录下来，历历在目地呈现在读者面前。这种未加任何修饰的原生态，叫你感到它那么真实、自然，活生生地具体存在，使观者好像穿越时空，忘记现在，身临其境般地进入图片所复现的形象世界中。不同观者，又能从中各取所需，各有不同感受，但图片的强烈真实感，却是谁都能体验得到的。这是图片单幅或整体所营造出的真实感和艺术魅力使然；这是作者深入实地、敏锐观察并专业性及时捕捉的结果。

其次，显现出具体可感性。图片摄影是记录对象形、质、色、动的具体性，但并非任何具体性都能具有真善美的意蕴。孙先生图片的具体性体现在他所表现的明确的目的性。他要用视觉语言告诉观众一个明确的信息：这就是过去自贡制井盐的设备、制盐的过程，是自贡人民勤劳智慧的结晶。这里显现事物的具体性，浅层可以认知，如果你从未听说过盐井的事，或知道而未见过，看了图片你可增加新知识。进一层，可令人发"思古之幽情"，不啻我们欣赏张择端的《清明上河图》和列宾的《伏尔加河上的纤夫》一样，会带来一种美感满足。

再次，具有很高的史料价值。这是作为摄影师的孙明经先生带着科考目的，亲历观察，即时拍摄记录下来的结果。图片中记录下来的景象已成为往昔的存在，在今天，它不仅标志着历史的过去，而它所记载的生动、具体视觉形象成了了解、研究这段历史的桥梁，一把开门的钥匙。它们是

10

此地域、此行、此业、这段历史的活档案，故具有极高的史料价值。

孙先生已仙逝，孙先生的遗作将与世长存，出版这本专集可谓功德无量，将是对孙先生在天之灵的一种最好的慰藉。也是对自贡人民在八年抗战中作出的巨大贡献的宝贵纪念。

一、井盐孕育的城市

> 自贡以盛产井盐闻名遐迩，被誉为祖国的"盐
> 都"。它的形成和发展，与井盐生产有着紧密的联系，
> 走过了因盐设镇、因盐设县、因盐设市的历程。

因盐成邑

自贡"因利所以聚人，因人所以成邑"，这个"利"就是盐利。

早在东汉章帝时期（76~88年），古代劳动人民就在今天的富顺县城开凿了自贡地区的第一口盐井——富义盐井，开始了井盐生产。南北朝时期，富义盐井因产盐多，获利大，被人们称为"富世盐井"。至北周武帝时（561~578年），开凿于今天贡井旭水河畔的大公井也已闻名于世，与富世盐井同时著称于蜀中。

随着盐业生产的发展，在盐井的周围，人烟逐渐稠密起来，越来越多的人前来经商贩运，带来了市场的繁荣和经济区的形成。北周武帝时，划出江阳县以富世盐井为中心的西部地区而设富世县，在大公井所在地设公井镇。这是自贡地域内最早出现的行政建制单位，也是因盐塑造这座城镇的开始。

唐宋时期，自贡地区的井盐业进一步发展并闻名全川。唐武德元年（618年），在公井镇设荣州，并将公井镇升格为公井县。贞观二十三年（649年），富世县因避唐太宗李世民的名讳更名为富义县。北宋太平兴国元年（976年），富义监因避宋太宗赵光义的名讳改称富顺监，富顺的名称由此沿用至今。北宋庆历年间（1041~1048年），自贡地区井盐生产技术取得了重大突破，一种具有划时代意义的"卓筒井"应运而生。卓筒井的问世，开创了人类使用机械钻头钻井的先河，推进了世界钻井技术的发展，同时

14

盐场远眺。

15

开凿卓筒井。（自贡市盐业历史博物馆提供）

也极大地提高了自贡井盐生产力,促进了自贡盐业生产的发展和自贡地区社会经济的繁荣。

明嘉靖时期（1522～1566年），以著名的富义盐井为代表的井群生产能力出现衰退。随后，当地劳动人民在距富顺县城西北90里的荣溪水滨，开凿了以"自流井"为代表的一批新盐井。自流井一带盐卤和天然气资源丰富，经过几十年的开发，这里已凿成380眼盐井，还有一些天然气井，形成了一个井灶星罗棋布、天车鳞次栉比的新产区。自流井的崛起，是自贡城市发展史中重大的历史事件。明嘉靖时，大公井因所产的盐洁白味美，作为贡品，被更名为"贡井"。

清代，自贡盐业在明代基础上又有较大的发展，逐渐成为四川井盐生产的中心。雍正九年（1731年），自贡地区盐井数达298眼，所产之盐除销本省30余州县外，还销往湖北、贵州、云南等省。此时，分属富顺、荣县的自流井和贡井盐业的兴盛，促成了自流井县丞署和贡井县丞署的建立，成为富顺县和荣县的分县，专管盐务。到乾隆二十三年（1758年），自贡地区有井424眼，其中，火井11眼，煎锅1001口，年产盐达1800余万公斤，成为四川的三大产场之一。

清咸同时期，是自贡地区盐业步入兴盛阶段的第一个"黄金时期"。咸丰三年（1853年）太平军建都天京（今南京），控制了长江中下游一带，淮盐不能西运，湘鄂人民苦于淡食，于是清政府准许川盐济楚，这给四川盐业以广阔的市场。在这广阔的市场面前，自贡井盐业更以精湛的技术和丰富的资源一跃成为四川最大的盐场，独执四川井盐生产之牛耳。生产的繁荣带来了盐场的兴旺，直接和间接从事盐业生产的人数达到三四十万人，与盐业相关的行业迅速发展，城市商业也十分繁荣，各种"商店和井灶错处，连乡带市，延袤四十里有奇"，自贡成为一个以生产食盐为主的

如蚂蚁般的运盐船云聚于釜溪河上。
（自贡市盐业历史博物馆提供）

手工业城市和我国西南的"盐都"。

1911年9月25日，吴玉章等同盟会会员宣布荣县独立，建立起全国较早的革命政权，辛亥革命的浪潮迅速扩展到贡井和自流井。1911年12月30日，一个具有资产阶级性质的地方政权——自贡地方议事会成立。自贡地方议事会努力促进自流井、贡井脱离富顺和荣县而合并称"自贡"设县，但最终合自、贡设新县之举失败。1928年，沉默多年的自贡人为了争取民权，提出了设市之议。由于省政府的阻挠，1932年设市之举也归于流产。在这种情况下，工于心计的自贡盐商集团首先成立了国民党自贡市党务指导委员会，并立即着手工作，以此为"大旗"与省府地方势力周旋，继续推动设市的进程。抗日战争爆发，自贡设市遇到了千载难逢的机会。

抗战设市

1937年，抗日战争全面爆发后，我国沿海一带相继沦陷，海盐生产遭受严重破坏，且海盐内运也被阻断，致使湖南、湖北等省军民面临淡食之苦。国民党政府下令，川盐增产加运救济缺盐地区。川盐再次济楚，使自贡地区盐业再度获得发展良机，使古老的盐场再度焕发勃勃生机，出现令人振奋的局面。

从1938年开始，自贡盐场大量起复旧井，开凿新井，增设盐灶，改进技术，整个盐业生产有了长足的发展。1938年，全国共计产盐2322.9万担，而位居第一的四川就占了其中的36.79%，高达854.6万担，自贡盐产量则创纪录地达到了456.8万担，占全川的53.45%，占全国的19.67%。全国的盐税收入为13859.7万元，四川占全国的23.62%，达到了3273.5万元,而自贡盐场在整个四川盐税中的比重更是高达80%。这样,自贡盐场在全川乃至全国盐业生产和盐税收入中的重要地位和作用一下便显现了出来。与此同时,自贡的人口也大幅度增加,据统计,1938年自贡的常住人口为21万余人,此外还有不少于4万的外来务工、经商等流动人口,故当时自贡的总人口应当在25万左右。长期以来在经济上早已融为一体的自流井和贡井,建立统一的、独立的政治经济实体和行政建制的需要日益迫切,条件也已成熟。

1938年5月5日,四川省政府正式决定:"仿照各省先例,先行成立自贡市政筹备处,设处长、副处长各一人,积极进行筹备工作。"6月16日,自贡市政筹备处正式成立,直隶四川省政府。1939年8月8日和8月15日,四川省政府召开第330次和第331次委员会议,决定正式成立自贡市。8月22日,四川省政府指示自贡市政筹备处,准予9月1日先行成立自贡市市政府,并呈请国民党中央简派筹备处处长曹任远首任自贡市市长。1939年9月1日,自贡市政府在市政筹备处(珍珠寺王氏宝善祠)宣告正式成立。1942年8月13日,四川省政府奉转行政院1942年6月15日顺壹字第11848号指令,正式批准成立自贡市政府。自贡这座因盐而兴的城市终于"修成正果",完成了它历史进程中的一次质的飞跃。

自贡市成立之后,盐业生产飞跃发展。战前,自贡盐产量仅占全省的45%,1939年便达到了504.4万担,占全省的54%;到抗战结束时,自贡盐场的产量已占全川的60%,而且创造了抗战期间年均产盐24.45万吨的辉煌业绩。自贡盐税收入在抗战初期每年均在3000万元以上,后来更是达到5000万元以上,仅盐税一项就占到了全省的80%以上。自贡盐场的大量增产和急剧增加的盐税,在国难当头担负起了挽救危局的历史重任,

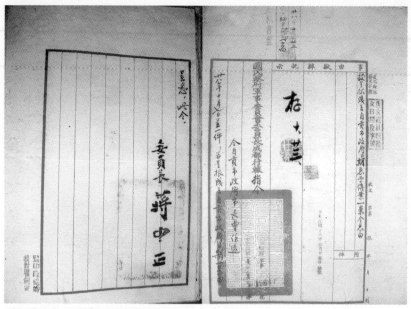

蒋介石对成立自贡市的时间的批文。（自贡市档案馆提供）

用在献金运动中捐献出的金戒指拼成的"爱"字图案。（自贡市档案馆提供）

既安定人心，更鼓舞士气。《大公报》记者刘克林报道称："抗战期间，沿海沦陷，大后方军民几乎完全仰仗四川的井盐，自贡盐场当时大举增产，供应民食，居功至伟，但也因为有这种千载一时的机会，盐场的繁荣也赖以飞跃进展。"

抗日战争时期，自贡市在经济和国防上的地位也因盐业的兴盛而受到了国民党当局的高度重视。1940年4月21日，时称"三夫人"的宋庆龄、宋美龄、宋霭龄莅临自贡视察。1943年和1944年，爱

1944年,冯玉祥将军在自贡主持节约献金救国运动的会上发表激昂的演说。
(自贡市档案馆提供)

1944年,冯玉祥将军与中国国民节约献金救国运动自贡市分会全体同仁合影。(自贡市档案馆提供)

自贡市政府官员在当时市政府驻地西秦会馆内合影。（自贡市档案馆提供）

国将领冯玉祥将军两次来自贡市倡导"节约献金救国运动"。在这两次"节约献金救国运动"中，自贡市的盐商、盐工和各界群众累计献金高达1.2亿元之巨，创下了22项之多的全国纪录，仅金戒指就达800余只，个人捐款在10万元以上者就达101人。为此，蒋介石多次传令对"慷慨捐输，造成空前纪录"的余述怀、王德谦、黄学周、宋俊臣等自贡市献金绅士予以嘉奖。冯玉祥将军激情地说："自贡市同胞的爱国热忱太让人感佩了！"并在《自贡市颂》中写道，"巍巍自贡市，天然一宝地。既是好盐卤，又是瓦斯气。生产复生产，军民赖供给。文化程度高，个个明大义。献金救国事，输将居第一……巍巍自贡市，贤才多济济。各地都像你，飞机大炮坦克车，齐齐都能买新的。各地都像你，我们一定打过鸭绿江，还我自由新天地。"高度颂扬了自贡人民的爱国热忱和奉献精神。

二、古老而奇特的采盐工艺

钻 井

井盐井盐，有井才有盐。自贡的盐埋在地下，盐层距地表有深有浅，它的上面覆盖着厚达百米千米的坚硬岩石，盐层自身也厚薄不均。怎样开采这样的地下盐层呢？先人们想出了一个妙招——从地表处钻一个孔径不大的深井，穿过地下深度不等的很多层盐层。地下水丰富的地方，地下水就会把盐融为盐卤，或自动流出，或用人力、畜力把盐卤提出地面，称为"采卤"、"汲卤"或"推卤"。

自贡盐场工匠把钻井用的钻头称之为锉。锉，是以铁为原料制作的钻凿工具，功能神异，锻制科学，但制作工艺全是土法，操作全靠人力。其操作工人俗称洪炉掌钳师。掌钳师是身怀绝技的技术工人，能锻制出坚韧牢实的钻治井工具，使工具入井操作不断、不裂。其中要领，冶炼火候至关重要。在整个钻井过程中，工匠们要用几十种名称和形状不同的锉，如蒲扇锉、银锭锉、财神锉、马蹄锉、垫根子锉等。自贡钻井用的钻头是怎样制造出来的？工人们是怎样凿井呢？1938年到自贡盐场进行科考的孙明经先生用相机记录下了从铁匠打造蒲扇锉和银锭锉，工人运送银锭锉至钻井现场，到钻井工人人力锉井时的整个场景。

井盐是以凿井、采卤、制盐的工艺流程进行生产的，它有别于海盐、池盐和湖盐的生产。因此，钻井技术对井盐业生产具有决定性的意义。自战国末年李冰穿广都盐井开始，中国井盐凿井技术的发展经历了手工开凿、简单机械凿井和机器钻井三个阶段。清代至民国时期，在井盐生产的发展过程中，自贡的凿井技术不断提高和完善，形成了一整套完整的凿井工艺。其工序大致包括定井位、开井口、下石圈、凿大口、下木柱、凿小眼等。这同现代开采石油、天然气的技术在工艺上是一致的。

铁匠师傅正在推拉风箱。

铁匠师傅正在用铁锤锻打银锭锉。

铁匠师傅正在用铁锤锻打蒲扇锉。

两种不同的锉正在淬火。

技术人员正在为一种小锉淬火。

工人把已经制造好的银锭锉抬到钻井现场。

30

在新建的井房中，
工人们正在锉井。

崇福井井房。

遍地盐井的都市
——抗战时期一座城市的诞生

人力锉井。

自贡盐场固井用的石圈。

井场路边的三块石圈。

世界上第一口超千米的深井——燊海井。
（自贡市盐业历史博物馆提供）

自贡盐场雄伟挺拔、
秀插云天的天车。

36

自贡盐场最高的天车——达德井天车。(自贡市盐业历史博物馆提供)

大坟堡天车群。(自贡市盐业历史博物馆提供)

孙明经在天车巨大的支柱前留影。

采用上述方法凿成的盐井，可深达1000余米。自贡盐场名声最大的盐井燊海井，是世界上第一口超千米的深井，开凿于1835年，历时3年凿成，深达1001.42米。它的凿成，是中国古代钻井技术和工艺成熟的重要标志，也是世界钻井史上的里程碑，同时也表明我国古代劳动人民发明的"冲击式顿钻凿井法"不愧为"现代化石油钻井之父"。

有盐井，就有天车。被人称为"东方的埃菲尔铁塔"的天车是盐都的

辊工捆扎天车。（自贡市盐业历史博物馆提供）

象征和标志。天车是由成百上千根质轻、耐腐蚀的杉木捆扎而成的，主要用于提取卤水，也用于淘井和修治井。昔日的自贡盐场，天车林立，风篾如蛛网密布，景象十分壮观。1938年，中国最高的摩天大楼是上海的国际饭店，当孙明经先生在自贡看到比上海国际饭店还高的天车时，不能不惊叹自贡人千百年来的鬼斧神工。据记载，新中国成立以前，自贡盐场最高的天车有52米，1960年加高至113米的达德井的天车，是自贡历史上最高的天车，也是当时中国最高的木结构建筑。高大的天车，不仅是盐都自贡的标志，而且是自贡人的"护身符"。据说，抗日战争时期，日军的飞机开始轰炸自贡时，误以为下面的天车是高射炮而仓皇逃走。

输 卤

自贡盐场的采卤技术，经历了漫长的演进过程。在人工挖掘的大口井时期，采卤技术因井型的多样性和不规范，没有定式。11世纪中叶，随着卓筒井的出现，安装有单向阀门的汲卤筒问世，采卤技术走在当时世界的前列。明清时期以后，采卤技术不断发展和完善，畜力采卤普遍使用，形成了完整的深井提捞采卤工艺。进入20世纪后，采卤动力不断改革，蒸汽和电力应用于卤水开采。

清代至民国时期，自贡盐场的传统采卤设备主要有汲卤筒、井架（俗称"天车"）和大车。

把储存在深井的卤水提出井口，使用的是汲卤筒。它的底部有一个用牛皮做的活塞，当汲卤筒放入井下，一碰到卤水，活塞受压就会自动打开，当汲卤筒装满卤水上提时，卤水的重力则使活塞自行关闭，汲卤筒中的卤水就可以随筒一起被提升到地面。1906年，在贡井盐场由万继武锉办的

采卤使用的
竹制汲卤筒。

盐场工人正在制造镶铁汲卤筒。（自贡市档案馆提供）

奎元井将竹制汲卤筒改为镶铁汲卤筒。从此，在自贡盐场，镶铁汲卤筒逐渐取代了竹制汲筒。最初的镶铁汲卤筒是利用煤油桶制成，抗日战争时期改用马口铁制筒。

天车矗立在井口之上，以两个用若干圆木捆扎而成的大木柱作为主要支架，在架上安装天滚子，前后各用一木斜撑，构成天车的主体，再用风篾将天车固定。在天车和大车之间，安装有一个地滚子，用于改变力的方向。

距天车数十米再建一个车房。车房中树两根木头，中间架一横木，用作固定大车之用。大车车心以一尺以上直径的硬木做成，周围凿眼，用木料穿衬16方或14方，构成车辐。再用木枋与车辐垂直组合成车辕。大车直径3至5米不等。在大车周围，用刺竹剖开锤碎，环绕大车四分之三，两端分别固定，即可作为刹车（俗称"拭篾"）之用。采用这种简单的装置，即能收到"放车其快如箭，收车其稳如山"的效果。

在自贡盐场，机器生产最早用于采卤，始于19世纪末20世纪初。蒸汽机车采卤的发起人是欧阳显荣。欧阳先生多年从事花纱生意，为生意上的事常常往返重庆和武汉之间，颇受清末改良主义思潮的影响。其间，他也在自贡经营过井盐业。1894年，欧阳先生到汉阳，在长江轮船码头边看见轮船用起重机装卸货物，马上联想到可否把机械起重货物的道理用在盐业生产中的采卤上。回到重庆后，他带机械工程师张培村同到自贡实地考察，论证轮船起重机的工作原理是否适用于自贡盐井的采卤。这次考察，使欧阳先生下决心造出一台采卤机车来。他请张培村画出草图，到汉阳周恒顺五金厂制造机车。经过工人一年的努力，试制出了第一部采卤机车。1902年，机车运到自贡，在世星井试用。然而，这台机车在使用中出了许多毛病。面对失败，欧阳先生并不气馁，带张

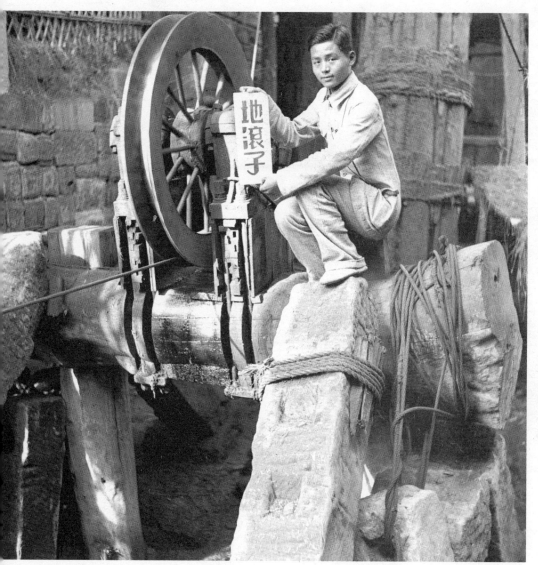

地滚子。手持"地滚子"说明牌的是孙明经先生的助手范厚勤，时年17岁。

牛力推卤的大车。

46

培村再返汉阳，聘请技术高手潘鸿恩等四人来自贡，移机来龙坳王和甫的洼洪井，边试车边调试边改善，结果初告成功。此机车后来终因不耐腐蚀寿命有限而"难获永久之使用"。但机车采卤高效的优点，却为欧阳先生所看好。1904年，他筹备组织"华兴公司"，变卖房产及花纱经营权，再造机车、车盘、车床、车钻、车挂等一批机具重返自流井，终于完全解决了机车采卤中的各种问题。机车采卤的高工效和高利润，使机车采卤在自贡发展很快。如果不是因为军阀和洋人在自贡盐场大肆抢税，使盐业经营者纷纷亏本，不得不大量停业关井，民国初年盐业的机械化生产在自贡当会有一个很好的发展机会。抗日战争的爆发，为自贡盐业的机械化和近代化发展带来了一次空前的契机，机器采卤技术迅速地发展起来。

在早期的井盐生产中，大多数是在盐井旁边设盐灶煮盐，卤水的输送距离一般很短，输卤技术也十分简单和原始。随着盐业生产的发展，盐灶与盐井分离，输送卤水的距离越来越远，于是，管道输卤技术相继被使用，并逐渐形成一整套完整的竹笕输卤工艺。

明清时期，自贡盐场卤水和天然气的开采不平衡，自流井气多卤少，而贡井卤多气少，为此，需要"移卤就煎"或"移气就煎"。这就促进了自贡盐场竹笕输卤技术的发展。清代，竹笕输卤已发展成为井盐生产中的一个重要行业。清末民初，由贡井盐场输卤到自流井盐场煮盐的笕号有12个：源远笕、源昌笕、源流笕、源泉笕、大通笕、大昌笕、大生笕、大川笕、福临笕、裕如笕、其昌笕、同协笕。自贡盐场的输卤管道翻山越岭，连绵起伏，把卤水和天然气输往数十里之外的煮盐灶房，其景象异常壮观。

竹笕输卤最基本的技术是笕的制作。因为竹笕要么埋在泥土中，要么

蒸汽采卤机车。（自贡市盐业历史博物馆提供）

盐场工人正在搬运庞大的蒸汽锅炉。
（自贡市盐业历史博物馆提供）

用竹筒制成的管道把天
然气从气井（自贡人称
"火井"）井口引出，送入
盐锅下煮盐。

从贡井到自流井长达十
华里的输卤管道。

恢弘壮观的输卤竹笕。

架设在过山架上便于过山的输卤竹笕。

盐场输卤竹笕群。(自贡市盐业历史博物馆提供)

盐场工人正在把两节竹管
连接起来。（左上）

盐场工人用绞棍把两节竹
管绞结实。（右上）

盐场工人正在用竹篾包裹
竹管。（右下）

用岩石把笕管压沉到河底。

笕管过街时的情景。

笕管过羊圈时的情景。

从水中穿过，要么架在空中，要求具有承受压力、耐腐蚀等性能，所以竹管的选择、加工、制作、连接、安装都十分严格。竹管一般选择楠竹，过水量较小的也可以选取斑竹。制作笕管首先是用一种铁制圆锤去掉竹管内的节，将竹管打穿。然后，再用一种顶端为两块铁片组成的叉形工具伸入管内，将竹节在管内的凸出部分刮光。竹管经打穿刮光后，再用篾条或棕绳在竹管外面密密地捆扎，并用楔子楔紧。为了让竹笕经久耐用，竹管连接好之后，还要用竹篾和麻包裹结实，再抹上桐油灰。笕管的连接方法是

手中提着竹篾的工人在检修输卤竹笕。

巡查天然气管道的女工向怀疑可能漏气的地方浇水。

59

盐场箍笕工人正在箍制漏水的竹笕。（自贡市档案馆提供）

盐场箍笕工人在箍制过河的竹笕。（自贡市档案馆提供）

用一根竹笕的尖端插入另一根竹笕较大的底端。

　　尽管自贡盐场盐业生产发达，输卤竹笕如盐场的经络，纵横交错，但这丝毫没有影响人们的生产和生活。工人们在铺设输卤竹笕时是怎样做到这一点的呢？凡是遇到笕管必须过河时，工人便先在河底挖好沟，用凿有槽的岩石扣在笕管上，把笕管压沉到河底的沟里。这样的笕管还有专门的名称，叫渡河笕。凡是在有行人通过的地方，工人事先要为笕管

输卤笕窝群。（自贡市盐业历史博物馆提供）

搭一个架，然后把笕管铺设在架子上。这样铺成的笕管从远处看去，就像今天的过街天桥。

输卤笕管制作安装好投入使用以后，由于日晒雨淋，天长日久，会漏水或漏气。一旦笕管漏水或漏气，如果没有及时发现，既浪费了资源造成经济损失，又会发生安全事故。所以，自贡盐场的输卤竹笕向来有专司其职的工人负责日常检查和维修。

为了使卤水和天然气的输送能四通八达，光有笕管还不行，因为竹制笕管不能制成直角弯道和锐角弯道。因此，在很多地方还需要在笕管上连接上三通、四通甚至五通。非常有趣的是，这些三通、四通、五通是用竹管加上木板制成的。这种三通、四通、五通在自贡盐场叫做笕窝，它的发明，极有效、极经济地解决了笕管拐弯的问题。

输送卤水的五通。

输送天然气的两通。

62

六个输送卤水的三通。

　　在输送卤水的过程中,因受地势高的限制阻碍,有些地方的笕管可能出现进水口低于出水口的情况,这时就需要提高水位,增加扬程,以位差压力作为输送卤水的动力。提卤站就是用于提高卤水扬程的。在自贡盐场,牛力提卤较为普遍。牛力提卤,在自贡也叫做推卤,就是用牛的力量推动水车,把卤水的水位提高。由于牛的力量有限,很难一次把卤水的水位提升得足够高,因此,要把卤水提到可以过山的高度,牛力提卤只能用逐级提升的方法,当一个提卤站办不到时,就用两个、三个或四个……每

七个输送天然气的三通。

两级牛力提卤站，把卤水送过 30 米高的山坡。

相邻的两个牛力提卤站。

牛力提卤站中的牛正在推着沉重的水平轮盘旋转。（左上）

牛力提卤站下边的卤水池。（右上）

牛力提卤站边的高架输卤笕窝。（左下）

左右两个高架上的小屋便是机器提卤站的外景。

盐场一处机器提卤站。

卤水注入机器提卤站下的圆形卤水池。

机器提卤站用于提卤的大木桶。

70

在机器提卤站中，卷扬机把满装卤水的大木桶从站底的
卤水池提起向站顶升去，一次即可提升50米。

机器提卤站的井架。

机器提卤站巨大的井架支柱。

前面是蒸汽机，后面为卧式蒸汽锅炉。

机器提卤站中和蒸汽机连在一起的卷扬机。

机器提卤站的卷扬机。

个提卤站把卤水提高十几米,一级一级地提上去。采用这样的方法,不论遇到多高的山,卤水都可以翻越。

抗日战争爆发后,大后方对盐的需求量剧增,自贡盐场必须大大提高盐的产量,原有的仅靠人力和牛力提升卤水的传统工艺已远远跟不上需求了,于是高效率的机器提卤便应运而生。

制 盐

历史上,井盐的制作俗称煮盐、煎盐和熬盐,这充分体现了蒸发制盐的工艺特点。自贡制盐技术历史久远,操作精细,其产品质美味佳,深受欢迎。制盐工艺向来是世代传袭,非血缘至亲不肯相授。1907年,自贡烧盐工人在炎帝宫建立了财神会组织,规定传授技艺只限入会成员,违者则要受罚挨打。至此,家传技艺已被行会所统办。1938年,盐务当局成立工管组织和盐工会,对盐工进行严密控制,招募盐工,须经工管组织和工会同意。

盐锅是蒸发制盐的基本设备。锅型有一个由小变大的过程,这跟卤源、燃料和生产规模等因素有关。从汉代至唐代,四川使用的盐锅叫"牢盆"。宋代,卓筒井问世,井盐生产规模加大,开始使用"镬"煮盐,它是一种无足的鼎,比牢盆大。明代,煮盐使用的容器叫"釜"。清代及清代以后,人们普遍地将煮盐的容器称为"锅"。在自贡盐场,主要使用的有大盐锅、千斤锅、镶锅、平锅几种。锅型的变化,反映了制盐技术的发展和盐业的兴衰。

起初,制盐工艺十分简单,把卤水放进盐锅里,熬干结晶成盐就是了,这样制成的盐味苦涩,颜色偏黄。后来,为了提高盐质,对制盐工艺进行

两口明代盐灶的遗存。

建在盐井架边的煎盐灶房。

一处规模不大的灶房外景。

灶房内一排正在煮盐的盐锅。

工人正在向盐锅内放入豆浆，
以去除卤水中的杂质。

盐锅下的天然气火焰。

盐锅加热后，锅内的卤水开始结晶。（左上）

盐锅内的卤水进一步结晶。（左中）

盐锅内的水分完全煮干，盐已煮成。（左下）

巴盐煮好后，盐场工人正在打锅。（自贡市档案馆提供）

了不断的改革，最后，形成了一套以自贡盐场为代表的井盐制盐生产工艺。其主要工艺流程包括：枝条架浓卤、净化卤水、配兑卤水、榶桶存贮、温锅浓卤、兑卤、加新水、下豆浆、熬干成盐、淋花水等。花盐和巴盐的生产工艺，大多是相同的，不同的是在具体煮盐工艺上。就煮盐工艺来说，花盐的制法比巴盐要复杂一点。

制盐使用的工具，因制盐过程的差异而不同，显得十分繁杂，但都用于砌卤边、捞盐渣、打泡子、铲盐、除锅巴等。抗日战争时期，自贡盐场的主要制盐工具有盐瓢、灶笠子、盐铲、鸭脚板、筒刀、安锅锤、洗铲、洗渣刀、烟子扁等。

自贡盐场历史上，将盐种分为炭巴、炭花、火巴、火花四种。巴盐又分为青巴、白巴、灰白巴；花盐按颗粒大小分为大粗盐、中粗盐和细粒盐。食民习惯认为，巴盐以青巴或青白巴为好，花盐以粒大为佳，还有特制的最大粒盐，叫"鱼籽盐"，它的制作技术精细，费工费时，成本较高。抗日战争时期，川康盐务管理局认为各盐场所产巴盐多耗人工火力，增加了成本，不符合经济原则，改巴煎花。

两千多年来，自贡盐场制盐生产后剩余的母液，冷却后所得的舠水、舠巴被看作废水废物丢掉，未加以利用，直到20世纪初，舠水、舠巴才引起

盐场工人在煮盐过程中使用的盐瓢、盐包、榶桶等。

盐工们正在起巴盐。（自贡市盐业历史博物馆提供）

人们的注意，开始用于生产生活中。比如，把䅅水作为制作豆腐的胶凝剂；

重煎䅅水，煎成后，以炭灰铺地，再用条石四周围起来，将煎成的䅅水倾

入，冷却后取开条石，就制成了块状的䅅巴，用作肥料；或用䅅巴化成水，

敷盖在石灰墙上，干后石灰凝结，可以使墙体更加坚固。

自贡盐场生产的花盐。
（自贡市盐业历史博物馆提供）

制盐后剩余的
母液——胆水。

即将制成的块
状胆巴。

三、官仓与歪脑壳船

储 盐

盐生产出来，不可能立即销售出去，这就需要把它储存起来。

到清光绪官运时期，自贡盐场生产的盐均储存在灶户自己的盐仓里，由灶户自行经营和管理，还没有进行集中管理。

民国初年，实行就场征税，一税之后，任凭贩卖，致使漏税私运，弊端百出。

1914 年，四川盐运使署和盐务稽核所为了加强对盐的管理，实现以仓统灶、盐尽归仓的目的，开始在自贡等盐场设立公仓。这类公仓（亦称官仓）是由各灶原有私仓改建扩建而成的，仓房产权仍属灶户所有，但归盐务机关管理。

官仓建好以后，对官仓的管理极其严格。各灶所产的盐经盐场分署检验合格，称吊入仓。灶记产盐，须逐日按上述规定报产进仓，逾期不报，作私盐论处。每日进、放盐完毕，由盐场分署派人加锁、加封，灶商不能私自启闭，违者要给予处罚。

自贡盐场产的盐，除大量存入官仓以备外销以外，还把余盐存入盐垣集中管理，并在盐垣内设立各种批量交易的盐店，以供当地贫民就近挑卖。

设立盐垣，其用意无非是切断灶户在销售余盐时，直接与商贩交易，防止私漏税。

1929 年，自贡盐场盐垣共计 59 家，1930 年增加到 69 家。其中，富荣东场的大坟堡盐垣是自贡盐场规模最大的盐交易市场，在这里开设有多家盐店。

规模较大的贡井官仓。

贡井官仓内的一排排盐仓。

东岳庙区公仓。(自贡市盐业历史博物馆提供)

一处属于大盐商的盐仓。

94

一处规模较大的官仓外景。

称放盐斤。

自贡盐场规模最大的盐交易市场——
大坟堡盐垣高大的砖牌楼。

97

大坟堡盐垣内的富荣东场大坟堡第六盐店。

大坟堡盐垣内的盐市。

运 盐

　　自贡的盐历来主要用于外销。自贡盐的传统销区主要是四川、湖南、湖北、云南、贵州等地 200 余州县，供全国十分之一的人口食用。当时，自贡盐要运达这些山高水远、道路崎岖的销地，除人背马驮外，最主要、最经济有效的方式就是船运。所以，当时在自贡的釜溪河上沙湾段经常可以看到帆樯林立、盐船竞发的宏大场面。

　　自贡盐外销主要依靠釜溪河。釜溪河又叫盐井河，是沱江的一条支流，由旭水河和威远河在自流井凤凰坝双河口相汇而成，在富顺县李家沱注入沱江，全长 67 公里。清康熙三十六年（1697 年），疏凿釜溪河河道，开航运盐，逐步形成了自贡盐外运的主要通道。清初水运为自贡盐产量的 70%，清末以后为 80%，抗日战争时期占到 90% 以上。

　　釜溪河从自流井到邓井关这段河道，峡岸束江，水流湍急，波翻浪涌，而且有些地方还有险滩，有些地方河道弯曲狭窄。为了适应这段十分艰险的河道，船工们设计、制造出了一种颇为奇特的船。这种船的船头向左方偏歪，船尾向右方偏歪，形成船头船尾相反方向的小倾斜，被称为歪脑壳船、歪屁股船、歪尾船。歪脑壳船的船长为 4 丈 2 尺，船底宽 6.8 至 7 尺。歪脑壳船有一条长达 4 丈 8 尺比船本身还长的船橹，所以在史书中歪脑壳船的学名为橹船。歪脑壳船共有 6 个船舱，船头长 1 丈 3 尺的部分叫剪子，以后依次叫走舱、桅台舱、前宫舱、后宫舱、太平舱、火舱，船尾叫后剪子，除船头船尾之外，每舱都有篷盖，中间的两舱盖是固定的，其他舱盖则是活动的。歪脑壳船的装载量限在 450 包盐，即总载量在 9 万至 10.8 万斤盐之间。据专家考证，歪脑壳船至迟在清代末年就成为行驶于自流井和邓井关之间的运盐专用船。

威远河和旭水河在双河口汇合后，东流便是釜溪河。

釜溪河中停泊着一眼望不到头的运盐船。

釜溪河一处运盐码头。

停泊在釜溪河岸边的歪脑壳船。

停泊在釜溪河岸边的歪脑壳船船头。

釜溪河中停泊着大量等待装盐和已装
好盐等待放水的歪脑壳船。

为什么将自贡釜溪河上的运盐船制造成歪脑壳和歪尾的特殊形式呢？原来釜溪河并不很宽，特别是旱季时，由于水浅可用的有效航道宽度十分有限，如果上下行的船只迎头相撞，就会造成卡船，一旦发生卡船，满载盐的下行船就会大量堵在河中，放水时的水头过去了，船队就会全部搁浅在河道中。为防止上行下行船相对行驶时因撞船而造成卡船，釜溪河中的行船规则是"不论上行还是下行，一律走左手"，所以就把船头统一做成从右向左歪。有了全部向左歪的船头，船在激流中行驶，也不易向右歪到相对而来航道上去，就是万一上行下行船只迎头相撞，撞的结果也是"各归左手"，不会发生卡船。船尾向右歪的道理和船头向左歪的道理相同，如果上行船或是下行船从后面撞到同方向的前面的船尾，就会很好地"回到左手"。有了这样的船头和船尾，釜溪河中不论雨季还是旱季，上下行的运盐船都不会由于撞船而发生卡船了。

釜溪河每到雨季就河水丰满，运盐船运盐十分顺畅。到了冬春枯水季，满载盐的船由于吃水深就无法行船了。为了在枯水季也能顺利向外地运盐，聪明的自贡人想出一个好办法：到了枯水季，就在王爷庙的下边河道中用土修起一条临时的拦水坝，把釜溪河的水蓄起来，当水蓄到足以把拦水坝里全部运盐船冲入沱江时，就开坝放水。每到开坝之时，千百条满载成品盐的歪脑壳船被水冲着快速地顺流而下，60多公里的水路一天便可到达。开坝之前，官府要事先张榜告示确切日期和时间，以便众多船家做好准备。告示一出，众船家奔走相告。开坝当天，官府人等、各家经营盐的商家、运盐商的行会、运盐工的行会等等相关人一起集聚王爷庙下的釜溪河拦水坝两岸送行，锣鼓喧天，人声鼎沸！拦水坝一开，水流湍急，千船竞发，看此情此景，那种热烈和那种情趣实在是视觉上的一大享受，看热闹的人们为饱眼福，从四面八方涌来，好不热闹。船船白盐出坝而去，

运盐工人的行帮会馆——王爷庙。

两条运送卤水的船。

换回花花白银，年复一年，放水便成了自贡人冬春两季的头等大事。每年正月的放水之日，便成了自贡仅次于大年除夕的大节日——放水节。

歪脑壳船正是以其独特的造型深受有关专家的青睐。英国著名科学家李约瑟博士在任英国驻重庆办事处官员时，就曾亲自考察过这种盐船，并在《中国科技史》一书中给予了相应的描述。另一位英国驻宜昌海关的官员渥赛斯特，在他的著作《扬子江上游的船舶》中也用相当的篇幅对自贡歪脑壳船做了介绍。1986年，中国科学院科技史研究所周世德教授为撰写中国造船史，专程到自贡考察了歪脑壳船，并以歪脑壳船的照片作为该书的封面，这进一步确立了歪脑壳船在我国造船史上的地位。

随着时代进步和科技发展，新型便捷运输工具的出现，如今，在昔日"夹岸列肆，帆樯如发"的釜溪河再也觅不到歪脑壳船的踪影了，所幸的是自贡市盐业历史博物馆还收藏着一条按歪脑壳船实物比例缩小的模型。

在自贡盐场，运盐工人众多，为了维护利益，他们组织了自己的帮会橹船帮，并在釜溪河流经城区的沙湾河段转弯处建造了一座雅丽工巧的行帮会馆——王爷庙。它背靠龙凤山，俯临釜溪河，远远望去，犹如龙凤山的龙头在吞江中水流一般，蔚为壮观。王爷庙建筑小巧玲珑，雕刻细腻，回廊曲径，飞檐比翼，崇楼丽阁，精美异常。昔日，王爷庙下盐船云集，气势磅礴，景象壮观。每到农历六月初六，相传是镇江王爷的生日，庙内都要举办盛大的庆典，祭祀神灵，大宴宾客，开锣唱戏，笙歌管弦，不绝于耳。每当祭祀开始的时候，在排满盐船的河道上，彩旗飘扬，鞭炮齐鸣。到了晚上，王爷庙灯火摇曳，鼓乐喧天，各地戏班竞相登台，连台演出。整个活动成为自贡盐场的一大盛景。

离开釜溪河运盐的主航道，同是在自贡的河道中便见不到那么多船了，而且不再是运盐的歪脑壳船。

四、业盐人

盐 官

盐是一种关系国计民生的特殊商品,历朝历代对盐的管理都极为重视。国家设置盐官对盐进行具体管理,起源于周代初年(公元前11世纪)。民国时期,自贡盐税成了四川地方军阀和中央政府你争我夺的重要财源。为了有力和切实地控制自贡盐场的盐税,1937年4月,国民政府将四川盐务稽核分所与四川盐运使署合并,改组为四川盐务管理局。从孙明经先生拍摄的照片和电影中,我们今天仍可以看到四川盐务管理局当年的模样。当年,四川盐务管理局就位于今天的沙湾饭店。

缪秋杰,字剑霜,别号青霞,祖籍江苏省江阴县,1889年11月9日生于上海。缪秋杰1908年在北京税务学堂毕业后,初在海关供职,1913年转入盐务稽核总所工作。他聪明能干,30岁时就被提拔为川南盐务稽核分所经理,被当时称为盐务"四大金刚"之一。1937年4月至1939年11月,缪秋杰出任四川盐务管理局局长。缪秋杰主持盐政期间,在生产方面,以自贡盐场为重点,力促川盐生产,积极开发卤源,增加产量,充分利用天然气,开辟煤源,添设炭灶,解决燃料不足。对所需进口的钢丝绳、马口铁等物资,缪秋杰则想方设法从仅有的中缅公路经仰光至昆明,再转运自贡;在运输方面,充分利用水陆运道,调动并补充各种运输工具,从香港购回一部板车,自装柴油车若干部,添造木船250艘,将盐运至省内各地及湖南、湖北、贵州和陕西等省,保证了大后方的军需民食,充裕了抗战税源。

缪秋杰对孙明经先生的此次科考拍摄非常支持,不仅提供了考察、拍摄的种种方便,还送给孙先生几十本关于盐业知识的书籍,使孙先生在考察和编辑制作《自贡井盐》、《井盐工业》两部影片时更具科学性。

抗日战争时期，四川盐务管理局设在自贡盐场。图为管理局的大门和围墙。

1938 年时管理自贡盐场的两大巨头。右为四川盐务管理局局长缪秋杰，左为富荣东场场长郑福楠。

1947年12月，孙明经先生在一篇文章中说："我在自贡的工作有两件要特别致谢的事，一是当时四川盐务管理局缪秋杰局长异常帮忙，他把凡可以收集到的资料都给我一份，积累有两尺厚，白天工作，晚间便看这些书籍，对盐事得了不少认识。其后摄制完成，一位专事研究盐业、自称盐迷的景季治先生看了这部自贡井盐的片子，认为他在自贡考察六个月所见不过如此……"

四川盐务管理局设立后，在自贡盐场设置了富荣东场公署和富荣西场公署，管理盐税征收、盐的产制、质量检查、盐斤称放，以及指挥盐警、查产缉私。富荣东场公署下设大坟堡、凉高山、东岳庙、豆芽湾、郭家坳五个收税处，大区、东区、豆区、郭区四个称放处和关外稽查处。富荣西场公署下设蓆草田、苟氏坡、黄石坎三个收税处。孙明经先生拍摄的富荣东场公署场长郑福楠在公署门前的照片中，有荷枪实弹的士兵在公署门前站岗，可见当时国民政府对自贡盐场是何等在意。

抗日战争时期，四川盐业生产异常繁荣发达，盐税收入丰盈，四川盐务管理局的官员们薪金和地位也较高，生活殷实，穿戴时尚。这一点我们可以从孙明经先生为四川盐务管理局官员们拍摄的照片中得到印证。

自贡盐场盐业发达，各种经济活动十分繁盛。经济活动多了，自然少不了经济纠纷，为此，自贡盐场设有专门处理经济官司的司法机构，叫"经济裁判所"。发生经济纠纷的双方到裁判所去打官司叫"对簿公堂"。孙明经先生拍摄的"经济裁判所"记录了1938年4月某日的一场标准经济官司的"开庭"场面，让我们可以看到当时自贡人打经济官司时的情景：对簿公堂的双方各站一边，裁判员大人高坐正中的官案之后，官案右边可见伏案专心记录的书记员，官案左边可见身着军装的士兵。

四川盐务管理局富荣东场场长郑福楠在富荣东场公署高大的门楼前留影。

四川盐务管理局官员仪表楚楚，不仅穿长裤、长衫、洋袜子，戴着旅行帽，还在长衫上别了一支大自来水笔。

118

一位四川盐务管理局官员，一身笔挺的中山装，胸前别着一枚"四川盐务管理局"的证章。

1938年4月，自贡盐场一场经济官司"开庭"。

119

盐 商

随着自贡地区盐业的发展，逐渐出现了一个因盐致富的阶层。入清以来，富荣盐场的资本主义萌芽得到了进一步的发展，随着盐井开采技术日趋完善和天然气开始被开发利用，以及"川盐济楚"为盐业提供了广阔的销售市场，盐场经济异常繁荣，由此产生了一批"富甲全川"的盐商家族。在前期有"王、李、胡、颜"四大盐业家族，其后又出现了"熊、侯、罗、罗"即所谓"新四大家族"，他们都是盐场不同时期盐商阶层的代表。

清咸同以后，由于经营盐业所带来的巨额利润，"王三畏堂"、"李四友堂"、"胡慎怡堂"、"颜桂馨堂"四大家以拥有资产百数十万而脱颖而出，被后人称为"老四大家族"。另外盐场还有拥资达十几万的中小盐商，如肖致和、黄敦三、张筱坡等。这些盐业家族都是在 19 世纪中叶以后二三十年里发家的。他们要么是世代高官，要么是世代大地主的殷实人家，或以土地投资井灶，或利用外资逐渐发展起来。

在老盐业家族日益衰落的过程中，抗日战争时期，以"熊、侯、罗、罗"等为代表的"丘二帮"逐渐崛起，被人们称为盐场的"新四大家族"。所谓"丘二帮"，是因为他们大都出身贫寒，并且都在井灶上当过学徒，不似"老四大家族"那样世代显贵。他们非常富有，在解放以前，实际上主宰着自贡的一切。今天，我们仍可以从孙明经先生当年拍摄的照片中，看到这些大盐商们在自己的豪宅和盐商会馆中的风采。

抗日战争时期，在民族危难之际，自贡盐场的盐商们纷纷慷慨解囊，捐款捐物，以实际行动支持抗战。1944 年 6 月，国民政府军事委员会副委员长冯玉祥将军第二次到自贡倡导"节约献金救国运动"，在这次历时 35

孙明经的助手范厚勤和余述怀、熊佐周、侯策名等大盐商们合影。

孙明经（右一）和熊佐周、侯策名等大盐商合影。

大盐商在自家的宅门附近合影。

熊佐周、侯策名和其他大盐商留影。

124

大盐商在自家的豪宅庭院中留影。

125

一大盐商在自家庭院中留影。

天的献金活动中，盐商们出于拳拳的爱国之心，献出了巨金。大盐商余述怀除参加团体献金外，还首先独献1200万元，受到冯将军的高度赞扬，并书赠余述怀一首五言诗，以资褒扬，这激励了其他大盐商的献金热情。如大盐商王德谦捐献1000万元，双双突破全国个人献金的最高纪录，另外，一些没有留下姓名的盐商捐献了600万元。

盐 工

在自贡井盐业漫长的发展和演进中，逐步形成了一支人数众多、分工细密、技术精湛的盐工队伍。

自贡地区的近代盐场，已经具备了某些资本主义工场手工业的特点。工场手工业发展成熟的技术标志之一，便是内部分工日趋细致。自贡井盐生产按其生产过程分为井房、笕房、灶房三大部门，三大部门中分设掌柜、经手、管事、外场院等职，组成较为严密的生产管理机构。各部门内部又有复杂的技术分工。光绪年间仅李四友堂一家就拥有数千工人，有井口管事、使牛匠、牛牌子、拭笕匠、钩水匠、土木石工、杂工、学徒、山匠、翻水匠、坐樻桶、坐码头、白水匠、马夫、灶头、烧盐匠、桶子匠、打锅匠、车水匠、抬盐匠、伙房等工种。到民国初年，自贡盐场的工人已按工种不同逐渐形成为"十大帮"，即山匠帮、机车帮、车水帮、山笕帮、烧盐帮、牛牌帮、转盐帮、捆盐帮、装盐帮、扛运帮。

自贡盐工富有开拓精神和奉献精神，他们是托起盐都的脊梁。在长期的生产实践中，历代盐工先后开凿了1.3万多眼盐卤和天然气井，遍及自贡的山山水水，使自贡成为中国井盐的主要产地。他们世代相传，创造了一整套巧夺天工的井盐生产技术和工艺，使自贡井盐业在相当长的历史时期内处于世界领先地位。抗日战争期间，自贡盐工发扬"奉献不甘国人后"的无私精神，踊跃献金，十分感人。1942年，自贡盐工积极响应《新华日报》发出的"献机运动"的倡议，慷慨捐款，购买了"盐工号"和"盐船号"两架飞机。1943年11月，冯玉祥将军亲临自贡盐场，倡导"节约献金救国运动"，仅三天时间，自贡盐工献出了一个月的米贴，即达50余万元，约占全市献金200万元的四分之一。鉴于此，冯玉祥将军多次称"自

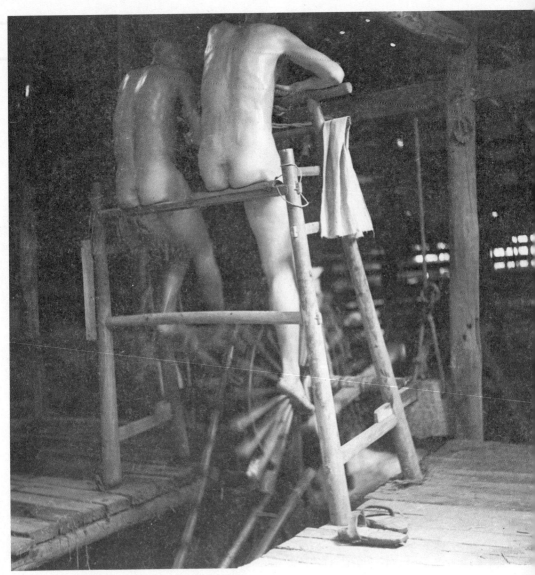

人力提卤站中，光着身子的工人正大汗淋漓地踏着水车。

盐场工人在人力提卤。（自贡市档案馆提供）

贡市是节约献金救国运动的发祥地"。1944年6月下旬，在冯玉祥倡导的第二次"节约献金救国运动"中，自贡盐工累计又捐献1040万元，《新运日报》以"盐工抢作先驱，自贡两场献金一千万"为题，高度赞扬了盐工们的爱国行动。冯将军说："盐工们在此非常时期，所负之责任尤重，然值此次献金运动，令人感奋！"

在我国手工业发展史上，自贡盐场工人工作时间之长、劳动负荷之重是极为典型的，其中人力提卤工人尤为突出。人力提卤就是工人用脚踏水车或者直接把卤水从低处提往高处，这是一份特别苦累的工作。

当时，自贡盐场卤水的运送主要使用笕管，也采用部分人力。人力挑运卤水时，使用一种特别大的盐水桶，可装卤水380斤。挑运卤水的工人由于长期超负荷地劳动，正如恩格斯在《英国工人阶级状况》一书中所指出的："身体都被工作弄得畸形到非常可怕的地步。"

在旧社会，自贡盐场盐工不仅工作负荷重，劳作辛苦，而且生活贫困，条件极差。烧盐工人十分艰辛，在灶上煮盐时几乎没有睡过床，坐包和睡板就是他们的床。冬天寒冷，烧盐工人就坐坐包。所谓坐包，就是一个两尺见方的竹箕包，在一方开个缺，里面放几把谷草。烧盐工人累极了，便坐在坐包里歇口气，就算是睡觉了。坐包是烧盐工人的板凳和床。夏天炎热，烧盐工人就睡睡板。所谓睡板，不过是一块6寸宽、6尺长的木板，既没有枕头、蚊帐，也没有席子。

盐场工人在挑运白水。（自贡市档案馆提供）

夏天，烧盐工人睡在木板上。
（自贡市盐业历史博物馆提供）

冬天，烧盐工人睡在坐包里。
（自贡市盐业历史博物馆提供）

五、盐都遗韵

自贡一角，呈现出典型的浅丘陵地形。

昔时风貌

自贡地处四川盆地南部,位于长江上游沱江流域的釜溪河畔,属亚热带湿润气候区,气候特点是春早、夏热、秋雨、冬暖,四季分明,雨量充沛。自贡境内中浅丘陵起伏,地势由西北向东南倾斜,一般海拔标高在250至500米之间,釜溪河为主要河流,其上游有旭水河、中溪河和威远河流入,河流流量小,分配不均匀,丰水期短,枯水期长。

自贡山、水、城相融的城市风貌独具特色,十分迷人。在以自流井、贡井为主体的城区中,山体不高,相对高差一般在30至50米之间,属浅丘陵地形,但山势连绵起伏,倩影含山,苍翠葱郁。自贡河面不宽,但蜿蜒曲折,釜溪河、旭水河和威远河从城中穿过,翠竹婀娜,碧映波心。在

自贡城郊的大片民居、河流和小片农田。

矗立在富台山半山腰的观音阁，
其脚下是釜溪河的张家沱河段。

景色宜人的釜溪公园。

138

釜溪公园的纪念碑。

釜溪公园后山的草亭。

140

井邓公路自流井沙湾段。

叠立在自贡城区民居旁的石牌坊。

过天然气和卤水管道的"过街天桥",构成了自贡市的独特景观。

自贡城区的街道。街上停靠着高级小轿车。

釜溪河边幽静的小径和气派的洋楼。

一条清幽的林间小道。小道的一边是长长的输卤管
道和民居，另一边则是葱茏的山林。

青山绿水的环抱之中,粉墙黛瓦的各式川南民居,高低错落的城市建筑展现出"半城青山半城楼"的山林城市特征。自贡城市的清秀、含蓄、典雅,给孙明经先生留下了深刻的感受和印象,于是,他把当时的城市风貌定格下来。

盐业文化

自贡因盐卤的开采而诞生,因盐业的发展而发展,在漫长的井盐生产和城市发展进程中,有着极其丰厚的历史文化积淀,形成了独具一格的盐业文化。其中,特色建筑和饮食文化等颇具代表性。

在自贡,无论是穿大街还是过小巷,不到百步就会见到一座古色古香、建造精巧的建筑。

自明代末年以来,自贡盐场的盐业生产逐渐走向成熟。随着盐业生产由手工业生产向近代工业生产过渡,自贡盐场分工也越来越细,行帮也越来越多。由于时代的局限和科学知识的贫乏,人们都把本行业的兴盛与个人命运寄托在"神"的身上。因此,各个行帮都树起了自己的行业神,并修建庙宇供奉,希望得到神的庇护。烧盐工人因与火有关,遂成立"火神会",后改名为"炎帝会",并动用会金在釜溪河南岸建起了一座"炎帝宫";屠沽行业的会众从宰杀牲畜的收入中抽出一定数额的款项,筹资兴建了"桓侯宫",供奉张飞;运盐的橹船帮为祈求运盐船只的平安,建造起供奉镇江王爷的"王爷庙"。凡此等等,不一而足。一时整个自贡盐场庙宇林立,香烟缭绕,成为城市一大景观。

除了各行业的庙宇外,自贡盐场还有大量的会馆建筑。入清以来,随着自贡盐业的逐步开发,大批外地工商业人士如潮水般涌来。他们在自贡

在新建的锉井井房中，工人们自己设置的小神龛。

盐场发财致富后，为"炫耀郡邑，款叙乡情"，沟通信息，议决会事，纷纷建立起自己的同乡会馆。陕籍商人集资购买土地，于乾隆元年创建了气势雄伟、金碧辉煌的西秦会馆；广东同乡修建了南华宫；湖北、湖南、江西同乡则修建了禹王宫；贵州同乡建霁云宫；福建人修建了天后宫。由于会馆的大小、好坏直接影响着该会的声誉和形象，所以各同乡会在修筑会馆时无不倾其全部财力物力去营造。西秦会馆初修时耗资万余两白银，历时16年，扩修时又耗资4万多两白银，建成崇楼丽阁、金碧辉煌的宏伟

148

崇福井井房中的神龛。

建筑，是我国南方地区会馆建筑的精品。

此外，在自贡盐场，盐商巨贾、旧式官僚的祠堂、官邸也非常有特色，成为整个城市中一道别样的风景。自贡盐场高度发达的井盐业给经营者带来了巨额的财富，不少业盐家族聚族而居，为了显示其富有，纷纷耗巨资营建了各式名园大宅。著名的有王三畏堂的玉川祠、李四友堂的双牌坊大宅，还有旧官僚张伯卿的张家花园，等等。所有这些豪宅大院不仅占地广大，且自成体系。有仿《红楼梦》中大观园的庭院式建筑，

井神庙外景。该庙为纪念井神梅泽而建，因后蜀时梅泽被封"金川王"，
所以井神庙又称"金川庙"。（自贡市盐业历史博物馆提供）

炎帝宫大戏台。它是由自贡盐场的烧盐工人出资修建的晚清建筑，坐落于釜溪河南岸，背依富台山，面向张家沱，灰墙黛瓦。（自贡市盐业历史博物馆提供）

桓侯宫大门。桓侯宫俗称张爷庙，是由自贡盐场的屠宰行帮出资兴建的行帮建筑，依山而立，气势巍峨，颇具蜀南寺庙风格。（自贡市盐业历史博物馆提供）

西秦会馆武圣宫大门。西秦会馆是在自贡
盐场经营盐业发迹起家的陕西籍商人集资
修建的同乡会馆，不仅布局奇特，造型优
美，而且装饰华丽，流光溢彩。(自贡市盐
业历史博物馆提供)

有传统的四合大院，有山水一体的西式公馆，也有仿重庆德国领事馆的式样修建的西式别墅。

这些建筑夹杂在自贡的其他建筑中，非常突出，是自贡城市建筑中最有特色的一类。从某种意义上来说，这些建筑都是用盐堆积起来。

伴随着自贡盐业的发展，这里聚集了大量人口，其中有商贾，有劳工；有本地居民，也有外地绅商。他们带着各自不同的饮食方式和习惯口味汇合在自贡这个"银窝窝"。由于这里消费量大，为适应各阶层人士和不同地方口味的需求，各地名厨也带着各自的绝技来至这里，使得自贡各地风味饭馆林立，各种美食荟萃，其饮食文化显得丰富多彩，美不胜收。由于其菜品丰富，特色突出，并辐射川南一带，形成以井河（釜溪河）饮食风味为代表的"小河帮系"，该菜系与以成都口味为代表的"上河帮系"和以重庆口味为代表的"下河帮系"并称为川菜的三大菜系。

大批陕西人、山西人涌入自贡经商，其家人随之聚集自贡，陕西和山西人的各种生活习俗也就带到了自贡。于是，陕西、山西人爱吃羊肉的饮食习惯慢慢在自贡生发开来。由于富有，陕山富商在自贡吃羊肉也成了节日，这节日便是冬至。一到冬至，陕山商人的家里便要摆上"全羊席"，少不了二三十种做法，有全蒸的叫做"蒸蒸日上"，有全烤的叫做"发财有靠"，有全油炸的叫做"全有全有"……几十种全羊做法，样样都有吉利的讲头说法。陕山富商在自贡吃羊，却不吃自贡当地出产的羊。每年初春，陕山富商便专门派人到家乡买来大尾肥羊，专门修了羊圈，并从家乡雇来养羊水平高的羊倌精心喂养。喂羊的饲料也不一般，除喂草之外，还用玉米拌盐炒豆加料，使羊的胃口大开，到了冬至，个个膘满肉嫩。用这种羊做出来的全羊席，肉吃到嘴里似肉非肉，口感无比美好，加上厨师们的独到手艺、火候、调料，"自贡全羊"在自贡菜系中便独成一品，名扬全川。

古时自流井、贡井地区没有能产生动力的发动机,动力的来源除了人力之外就是牛力了,除了汲卤用牛,短途运输煤、米、菜类和载盐也要用牛。在畜力推卤的时代,盐场牛的多少直接反映出盐场生产的盛衰和城市经济的荣枯。在自贡盐场,民国初期每年牛的成交头数在3000头,抗日战争时达1万头。自贡盐场常年拥有生产用牛约5万头,据记载,在盐业鼎盛时自贡盐场有生产用牛10万头,若以单位面积来算,可以说自贡曾是中国大地上生产用牛密度最大的地方!相传自贡:"山小牛屎多,街短牛肉多。河小盐船多,路窄轿子多。"在这自贡历史上的四多中,牛就占了两多。

牛多了,自然就会有很多牛粪,人们便把牛粪收集起来,制成粪饼,晒干了便是极好的生活燃料,一顿小炊只需一个牛粪饼就够了。在自贡一带牛粪有专门的经营者,他们把牛屎收集起来,掺以水和杂草,用脚踩均匀。再用一种专门制作的圆形木模包上棕叶,将牛屎拓成厚约三四厘米,直径45厘米左右的圆粑,加盖"棕巴",打上属于自己的特殊符号。然后,贴在凡是能贴的地方,半干后悬于檐下壁间,待干透以后,挑到居民密集的地方叫卖。

在为自贡盐场的工人拍摄时,工人健壮雄美的体格引起了孙明经先生的好奇:工作这么苦累,身体却如此壮实。孙先生是学过营养学的,他深知健壮的体格必须靠足够的营养来支撑。工人们平时吃什么呢?于是,他问:"平时吃什么?"

工人回答说:"有啥子好吃的嘛,平平常常就是牛肉啰!

孙先生又问:"一月能吃几回牛肉?"

工人回答:"天天吃,不吃牛肉哪个干得动这么重的事?"

对于从小受西方教育长大的孙先生来说,吃牛肉可不是随随便便的

建在井场之上的盐商寨堡——大安寨。

大盐商李敬才的宅第。（自贡市盐业历史博物馆提供）

一大盐商豪宅内的庭院，庭柱上有联一对：
"万里因循成久客，故乡无比好湖山。"

建于1923年的张家花园的罗马楼。张家花园是张伯卿的私人公馆，按当时德国领事馆式样仿罗马式楼房建造的，是贡井一带最早的"洋房"。（自贡市盐业历史博物馆提供）

四川盐务管理局职员住宅。

自贡仁济医院护士长何美贞西洋风格的庭院。何美贞是一位加拿大女性，曾给与孙明经先生热情的帮助。

两头牛正在推卤。（自贡市盐业历史博物馆提供）

正在晒制中的牛粪饼。

山上数以千计的圆圆的牛粪饼。

168

工人把已晒制成型的牛粪饼挂在牛力提卤站的走廊两边进一步风干。

挂在牛棚架上等待晾干的牛粪饼。（自贡市盐业历史博物馆提供）

170

事。他问工人："一天吃多少牛肉？"工人回答："当饭吃。"他又问："自己花钱买的？"工人回答："哪个花钱买，东家给的，最便宜的那种牛肉，推卤累死的牛，不给我们吃，哪个吃？"

在今天的中国，对于广大美食家来讲，"吃在四川"是一句人人知道的家常话。但是对于清末民初的四川美食家来讲，"吃在自流井、贡井"才是真经。当时的自贡，有不少中国大地上只有在自贡才可以听到、见到、吃到的"奇食"。这些"奇食"中间，为数不多的几样是无论你多么有钱，一年也只能吃到一回的。在这些一年只能吃一回的奇食中，有一样是最绝的，这道菜要从头一年的秋天动手，经过整个冬天和春天，到了春末才能吃上。因此，这道菜在自贡的美食族中有"奇食之冠"的美称。

这道菜名，无缘吃过它的自贡的穷人们叫它"牛屎菌"，在吃得到的自贡大富户人家中，叫它"露水菌"。露水菌不是一种天然的菌种，大自然中也见不到，而是在秋天把新鲜的牛屎加水调和，均匀泼洒在背阳的山坡上，经过一秋、一冬、一春，到了春末露水菌才"破屎而出"，每个菌有儿童手指头大小，杆短，色白，形同口外蘑菇，或做汤，或烧肉，味道鲜美。这种露水菌一座山仅可收获几斤而已，且极为细嫩，采摘时只能由十二三岁的小女孩来采。在自贡，露水菌虽是家喻户晓的名吃，但是仅仅大盐商在请春宴时，才会有一盘露水菌做的时兴菜上桌。在过去的自贡，春天富家宴席中谁能端得出露水菌的，那可是极有脸面的大大光彩的事。

"水煮牛肉"，过去是盐工们的"大众菜"。由于便宜，盐工们往往将牛肉切成薄片，放在锅中煮，然后蘸麻辣碟子吃，既经济又可口。20世纪30年代以来，自贡名厨范吉安在烹调川菜"渗汤牛肉"的过程中，改为将各种佐料和牛肉片一锅同煮，这样做出的菜，肉片滑嫩，麻辣鲜香，

盐场工人健壮的身躯透出一种劳动者的阳刚之美。

盐场炊事工人工作的情形。(自贡市档案馆提供)

色泽明亮，口感极好。此菜一出，即大受欢迎，不久各餐馆纷纷仿效，逐步成为自贡一道地方风味浓郁的川菜精品。

在自贡还有一道名食，叫做"火边子牛肉"。这道美食，虽选料做工十分讲究，却是一种无论富贵还是贫贱的自贡人都吃得起的四季大众食品。它选料考究，选牛大腿上叫做"股二、股四肉"，一头牛仅能出二三十斤。然后，由熟练工人切成寸许厚的肉片，再将肉片钉在木板上，以精妙的刀法切成纸一样的薄片，涂以美味的调料，然后把肉片贴在竹篾编的篾笆上用牛屎粑的微火慢烤，直烤得肉片透明，再涂上新鲜辣椒做的红油，那味道实在了得！可惜，到了今天，自贡已没有那么多的牛屎，由于缺了牛屎粑微火的烘烤，今天自贡出品的"火边子牛肉"的味道中自然没有了原来美味中的原汁原味。

后 记

自贡因盐设市，成为饮誉中外的"盐都"，两次"川盐济楚"可谓功不可没。第一次"川盐济楚"由于受科学技术的限制，除文献史料外，没有留下其他的资料，所以，今天我们无法感性地触摸当时自贡地区"富庶甲于蜀中"的繁华。幸运的是，孙明经先生在67年前留下的记录第二次"川盐济楚"的影像资料，使我们今天能直观地去感受抗战时期自贡盐场的盛况。

自贡市人民政府对结集出版这本图文并茂的自贡老照片专辑十分重视，并专门成立了编委会：编委会主任陈吉明、陈星生（执行），副主任漆成康、胡建，编委（以姓氏笔画为序）许建、李斌、宋青山、沈涛、黄健、程龙刚、缪自平。本书由孙建三、黄健、程龙刚撰文，完稿后经编委会几易其稿而成。

为了全面地再现抗日战争时期自贡盐场的风貌，在结集出版时以孙明经先生拍摄的照片为主，补充了一部分自贡市盐业历史博物馆和自贡市档案馆珍藏的老照片，分别由缪自平、沈涛整理并提供。本书中的照片除署名外，均为孙明经先生拍摄。

　　本书在编写过程中, 得到自贡市盐业历史博物馆、自贡市档案馆和自贡市收藏家协会的大力支持，在此致以衷心的感谢。

　　资深编辑冯克力先生对本书的编撰提供过宝贵的建议,并耐心细致地审读了全部书稿，在这里也一并深致谢忱。

撰述者

2005 年 6 月 6 日

图书在版编目(CIP)数据

遍地盐井的都市:抗战时期一座城市的诞生/孙明经等摄;孙建三,黄健,程龙刚撰.—桂林:广西师范大学出版社,2005.8(2009.8重印)(温故影像)

ISBN 978-7-5633-5510-5

I.遍⋯ Ⅱ.①孙⋯ ②孙⋯ ③黄⋯ ④程⋯ Ⅲ.①摄影集–中国–现代 ②自贡市–摄影集⋯ Ⅳ.J421

中国版本图书馆CIP数据核字(2005)第082555号

广西师范大学出版社出版发行

(桂林市中华路22号 邮政编码:541001)

网址:www.bbtpress.com

出版人:何林夏

全国新华书店经销

发行热线:010-64284815

北京画中画印刷有限公司

(北京市丰台区西四环南路45号 100071)

开本:690mm×960mm 1/16

印张:11.5 字数:30千字 图片:150幅

2005年8月第1版 2009年8月第2次印刷

印数:6 001～10 000 定价:38.00元